LE
CADEAU
DES
MUSES.

ALMANACH CHANTANT.

À AVIGNON,

Chez Chaillot aîné, place du change.

C

LE CADEAU

DES MUSES.

⸺•⸺

LE BRIGAND CALABRAIS.

Vois-tu bien, mon enfant, là bas sur
    la montagne,
Ces soldats dont le casque étincelle
    au soleil,
Ce sont là des maudits qui battent la
    campagne
Pour nous surprendre ici pendant
    notre sommeil,
Pour nous surprendre ici *(bis)* pen-
    dant notre sommeil : — *Tiens*,
    Prends donc ma carabine,
    Sur toi veillera Dieu,
    D'ici je l'examine,
    S'ils font un pas, *(bis)* fais feu,
    S'ils font un pas,
    Mais un seul pas, fais feu.

Vois-tu bien, mon enfant, comme ils font sentinelle,
C'est qu'ils sont nuit et jour liés à notre sort,
Ils sont depuis quinze ans mes gardiens trop fidèles,
Quand tu venais au monde, ils demandaient ta mort,
Quand tu venais au monde, *(bis)* ils demandaient ta mort. — *Tiens*,
    Prends donc ma carabine, etc.

Vois-tu bien mon enfant, c'est là sur cette pierre,
Que ta mère sanglante implora leur pitié,
C'est là qu'ils l'on frappée en maudissant le père ;
En ant voilà ma haine, en veux-tu la moitié ?
Enfant, voilà ma haine, *(bis)* en veux-tu la moitié. — *Tiens* ,
    Prends donc ma carabine,
    Sur toi veillera Dieu,
    D'ici je t'examine,
    S'ils font un pas, *(bis)* fais feu,
S'ils font un pas, mais un seul pas, fais feu.

L'AFRIQUE.

Vous q'êtes ancien, q'avez vu la Russie,
Q'avez peut-être roulé votre bosse
   par là,
Dites-moi, sergent, dites-moi, je vous
   prie,
C'que c'est q'Alger, l'Afrique ousq'on
   va;
— J'veux bien te l'dire, mais avant
   que tu ne parte,
Il faut conscrit payer un verr'de vin,
Puis au traiteur tu demanderas la carte
Et c'est alors que j'te dirai ton chemin.

L'Afrique vois-tu, c'est une île déserte,
Qu'est habitée par un peuple bien
   méchant,
Faut pas pour ça que ça te déconcerte,
Mais tu peux bien écrire à tes parents.
C'est un pays où tous les jours on roule
Sans rencontrer la fille d'un bedouin,
Un gueux d'soleil qui vous tape sur
   boule,
Qu'est bien dans l'cas de te déssécher
   l'tein.

— C'que vous dites là sergent c'est
   pour de rire,
Pour m'enfoncer vous êtes un vieux
   malin.
— Non pas, Jean-Jean, tout ce que
   je viens de te dire,
C'est aussi vrai que je m'appelle
   Chauvin;
J'ions pas tété, mais vois-tu c'est tout
   comme.
J'tenons tout çà d'un de nos vieux
   amis,
Qui y a tété du temps du p'tit bon'
   homme;
Ah! cré'coquin quel polisson d'pays.

On y rencontre que des endroits sau-
   vages,
On appelle ça un pays délicieux;
Y as'un gueux de vent qui vous coupe
   le visage,
Du sable brûlant qui vous bouche les
   yeux;
Puis un bédoin sans que rien ne l'arrête
Quand par hasard il rencontre un
   français,
Sans se fàcher il lui coupe la tête;
Mais faut tout dire, il n'y pense plus
   après.

Pour le troupier c'est un vilain usage,
Y a pas d'endroit pour boire un ver'de
vin ;
Y n'y a pas de femmes dans ce pays
sauvage,
On crève de soif, d'amour et de faim.
Y a des serpents, des crocodilles
énormes
Qui vers le soir, et cela sans façon,
Viennent dans les camps et vous ava-
lent un homme,
Tout comme un homme avale un cor-
nichon.

Y a quelque temps, z'allant à la pro-
menade,
Un des amis s'arrête un instant,
Un crocodille avale son camarade,
Et viens vers lui tout pour z'y en faire
autant.
— Ah! mon sergent, j'tremble à cette
histoire,
M'voir avaler moi ? j'vous préviens
déjà.
Que j'veux bien m'battre et voler à
la gloire,
Mais m'voir mangé j'peux pas digérer
ça

ELLE EST PARTIE.

BALLADE.

Fuyant les plaisirs et le monde
Ne sachant plus que devenir,
Dans ma solitude profonde
J'interroge en vain l'avenir.
  Elle est partie
  Ma douce amie,
  Et pour toujours
  Adieu beaux jours ¡

Un rien m'agite et me tourmente,
Dans mon tro. ble je crois la voir
Répondre à mon ardeur brûlante ;
Inviter mon cœur à l'espoir.
  Elle est partie, etc.

Hélas ! l'ingrate m'abandonne ;
Elle méprise mon amour,
Mais je sens que je lui pardonne
Espérant un plus doux retour.
  Elle est partie, etc.

LES VIOLETTES.

ROMANCE.

Fleurs, qui vous cachez dans les
    champs,
Parfums des sources solitaires,
Charmantes filles des bruyères,
Renaissez avec le printemps. *bis,*

  Dès que la brise printanière
  Fera voltiger mes cheveux,
  J'irai glaner dans la clairière,
  Au pied des mélèzes noueux :
  Et sans vous cueillir, ô mes belles,
  Je pencherai mon front sur vous,
  En vous admirant à genoux,
  Comme les vierges des chapelles !
    Fleurs, qui, etc.

Chastes fleurs, vous êtes les saintes
Des mystérieuses forêts,
Et les mousses aux brunes teintes
Sont pour vous des cloîtres discrets.
Les anges boivent la rosée
Dans vos longues coupes d'azur,
Et la source au cristal si pur,
De vos larmes est arrosée.
    Fleurs, qui, etc.

Savez-vous, pourquoi je vous aime,
Belles recluses, fleurs des cieux ?
Vous voilez la grâce elle-même,
Vos amours sont silencieux :
Comme vous, mon ame oppressée,
Cache un silencieux amour,
Comme vous elle craint le jour,
Et son parfum, c'est la pensée !
   Fleurs, qui, etc.

CHANSON BACHIQUE.

Fuyons le triste breuvage,
Dont les poissons font usage ;
Des dieux ce fatal fléau
N'est que pour les niguedouilles.
Eh ! pourquoi donc boire de l'eau ?
   Sommes-nous des grenouilles ?
Eh ! pourquoi donc boire de l'eau ?
   Sommes-nous des grenouilles ?

Aimable jus de l'automne,
Je renais quand je t'entonne ;
Tu réjouis mon cerveau :
Grands dieux ! que tu me chatouilles !
Eh ! pourquoi donc, etc.

Heureux qui chante ta gloire !
Plus heureux qui te sait boire!
Un plaisir toujours nouveau
Charme les cœurs que tu mouilles.
Eh ! pourquoi donc, etc.

Le bon vin nous ravigote :
Mais pour toi, pauvre hydropote,
Toujours plus noir qu'un corbeau,
Dans les ombres tu t'embrouilles.
Eh ! pourquoi donc, etc.

Bacchus nous rend la voix belle ;
Mais pour toi, liqueur cruelle,
Eut-on le son le plus beau,
Tu le gâtes, tu l'enrouilles.
Eh ! pourquoi donc, etc.

C'est la bachique ambroisie
Qui nous donne la saillie;
Fade boisson du crapaud,
C'est toi qui nous en dépouilles.
Eh ! pourquoi donc, etc.

Breuvage ignoble et funeste,
La vérité te déteste :
Jamais son divin flambeau
N'éclaire ceux que tu souilles.
Eh ! pourquoi donc, etc.

Dieu des mers ton vaste empire
N'a point d'attraits que j'admire,
J'aime mieux un noir caveau
Que le trône où tu patrouilles.
Eh! pourquoi donc, etc.

Si le vin ne m'accompagne,
Lorsque je vais en campagne,
J'estime peu clair ruisseau,
Les beaux lieux où tu gazouilles.
Eh! pourquoi donc, etc.

L'eau n'est bonne sur la terre,
Que pour les fleurs d'un parterre,
Pour le chou, pour le poireau,
Les melons et les citrouilles.
Eh! pourquoi donc, etc.

Fâcheux preneur de tisane,
Médecin, tu n'es qu'un âne;
Tu mérites bien, bourreau,
Qu'ici l'on te chante pouille.
Eh! pourquoi donc boire de l'eau?
Sommes-nous des grenouilles?
Eh! pourquoi donc boire de l'eau?
Sommes-nous des grenouilles?

LE MANTEAU BLEU.

Je suis vieux, je m'appelle Edie,
Et suis sûr de ma liberté,
Dequis le temps que je mendie,
Je n'ai connu la pauvreté;
Jeune, de la vaine opulence,
J'éprouvai les tristes revers,
Et je préfère l'indigence;
Chacun son goût et ses travers.

Libre, je n'ai point de demeure,
Je vais où m'appelle un plaisir,
Je mange et me couche à toute heure,
Toujours au gré de mon désir;
N'ayant jamais ni sols, ni maille,
Je n'ai pas le soin d'un budjet,
Et dors mieux sur un peu de paille
Que le riche sur le duvet.

Combien de fois la châtelaine
Malheureuse sous les lambris,
M'a-t-elle raconté sa peine,
A-t-elle reçu mes avis;
Combien de fois ne fus-je arbitre,
En amour, en affaire, au jeu,
A ces droits ayant pour tout titre
Ma médaille et mon manteau bleu.

Qui ne connaît le vieil Edie
Et surtout son mépris pour l'or,
Aussi le riche lui confie
Et son secret et son trésor;
Pour maints bienfaits, maint sacrifices
Souvent on voulut l'enrichir;
Mais non, pour prix de ses services,
On ne doit que le secourir.

Pourtant à mon heure dernière,
Sous mes haillons on trouvera
De quoi graver sur une pierre
Ces mots qu'un mourant dictera :
Passant ci-gît le vieil Edie :
Ce tombeau fut-là tout son bien,
S'il fut heureux toute sa vie,
C'est qu'il fut pauvre et navait rien.

MERCI.

Si tu voulais, Pierre,
Quitter ta chaumière,
Pour suivre le noble état,
L'état de soldat,
Ah ! tu peux m'en croire,
Pour lui quelle gloire,
On est d'abord caporal,

Bientôt après général.
— Et moi de sourire,
Et puis de lui dire :
Non, ma mère reste ici,
Et j'y reste aussi, merci!

Si tu voulais, Pierre,
Quitter ta chaumière,
A la ville tu verrais
De piquants attraits;
Crois-moi, brune ou blonde,
Toutes à la ronde,
Chercheraient à te charmer,
Et se laisseraient aimer.
— Et moi de sourire,
Et puis de lui dire :
Non. Jannette reste ici,
Et j'y reste aussi, merci!

Si tu voulais, Pierre,
Quitter ta chaumière,
A Paris j'aurais pour toi
Un palais de roi :
Et là sans rien faire,
Tu serais j'espère
Heureux je te le prédis.
— Et moi de sourire,
Et puis de lui dire :
Non, mon bonheur est ici,
Et j'y reste aussi, merci!

MA MÈRE AU CIEL !

Ma bonne mère, aux jours de mon
    enfance,
Venait, la nuit, voir si je reposais :
Son doux baiser m'effleurait en si-
    lence ;
Rêvant, d'un ange, alors je lui disais ;
    Mère, mère, est-ce toi, dis-moi ?
    Mère, mère, qui veille sur moi ?

Seule à présent, quand la nuit est
    sans voile,
En soupirant je regarde les cieux ;
Je crois la voir dans une blanche
    étoile,
Je crois sentir son baiser sur mes
    yeux !
    Mère, mère, est-ce toi, dis-moi ?
    Mère, mère, qui veille sur moi ?

Si dans l'asur glisse un léger nuage,
Je rêve encore celle que j'aimais tant !
Ses traits chéris, sa pure et douce
    image,
Du haut des cieux qui bénit son enfant !
    Mère, mère, c'est toi que je vois !
    Mère, mère, oh ! veille sur moi !

CALENDRIER

POUR

L'ANNÉE 1842.

ARTICLES DU CALENDRIER

POUR L'ANNÉE 1842.

ANNÉE de la période Julienne. 6555
    depuis la première Olympiade. . 2618
    de la fondation de Rome. 2595
    de l'époque de Nabonassar. . . . 2589
    de la naissance de JÉSUS-CHRIST. 1842
    de l'invention de l'Imprimerie. . 402
    de celle de la Poudre à canon. . . 371
    de la découverte de l'Amérique. . 351

COMPUT ECCLÉSIASTIQUE.

Nombre d'or . .	19	Indiction Rom. .	15
Epacte.	XVIII	Lettre Dominic.	B
Cycle solaire . . .	3		

SAISONS.

Printemps le 21 mars à 0 h. 23' du matin.
Été le 21 juin à 9 h. 32' du soir.
Automne le 23 septembre à 11 h. 35' du matin.
Hiver le 22 décembre à 5 h. 5' du matin.

FÊTES MOBILES.

Septuagésime , 23 janvier.
Les Cendres , 9 février.
PAQUES , 27 mars.
Les Rogations , 2 mai.
ASCENSION , 5 mai.
PENTECOTE , 15 mai.
La Trinité , 22 mai
La Fête-Dieu , 26 mai.
Premier Dimanche de l'Avent, 27 novemb.

QUATRE-TEMPS.

Février , 16 , 18 et 19.
Mai , 18 , 20 et 21.
Septembre, 21 , 23 et 24.
Décembre . 14 . 16 et 17

ÉCLIPSES DE 1842.

Le 11 janvier, éclipse de soleil invisible.

Le 26 janvier, éclipse partielle de lune en partie visible, commencement avant le lever de la lune à 4 h. 27′ du soir, fin à 7 h. 19′, temps moyen de Paris.

Le 8 juillet, éclipse totale de soleil visible, commencement à 4 h. 58′ du matin, milieu à 5 h. 52′, fin à 6 h. 50′, temps moyen de Paris. Cette éclipse sera totale dans les départements suivants : Hautes-Alpes, Basses-Alpes, Var, Bouches-du-Rhône, Vaucluse, Drôme (arrondissement de Nyons), Gard (arrondissements de Nîmes et Uzès), Hérault, Aude, Pyrénées-orientales, Ariège (arrondissement de Foix). Dans les autres parties de la France on ne verra qu'une éclipse de soleil partielle, plus grande dans le midi que dans le nord.

Le 22 juillet, éclipse partielle de lune invisible.

Le 31 décemb. éclipse annulaire de soleil invisib.

LUNE APOGÉE.	LUNE PÉRIGÉE.
13 Janvier.	26 Janvier.
9 Février.	24 Février.
9 Mars.	24 Mars.
5 Avril.	21 Avril.
3 Mai.	18 Mai.
31 Mai.	12 Juin.
28 Juin.	10 Juillet.
25 Juillet.	7 Août.
22 Août.	4 Septembre.
18 Septembre.	2 Octobre.
15 Octobre.	31 Octobre.
12 Novembre.	27 Novembre.
10 Décembre.	23 Décembre.

JANVIER. *Signe* le Verseau.

D.Q. le 3 à 10 h. 18′ s. | P.Q. le 19 à 9 h. 9′ soir
N.L. le 11 à 4 h. 24′ s. | P.L. le 26 à 5 h. 59′ s

Les jours croiss. de 32 m. le mat. et de 32 le soir.			Lev. duS. h. m	Cou. duS. h. m	Long. du Sol D. M	
Samedi	1	CIRCONCISION	7 56	4 12	280	44
DIM.	2	s. Clair	7 56	4 13	281	45
Lundi	3	ste Geneviève	7 56	4 14	282	46
Mardi	4	s. Robert	7 56	4 15	283	47
Mercredi	5	s. Siméon St.	7 56	4 16	284	48
Jeudi	6	L'EPIPHANIE	7 55	4 17	285	50
Vendredi	7	s. Lucien	7 55	4 18	286	51
Samedi	8	s. Théodore	7 55	4 19	287	52
1 DIM.	9	s. Julien	7 54	4 21	288	53
Lundi	10	s. Guillaume	7 54	4 22	289	54
Mardi	11	s. Théodose	7 54	4 23	290	55
Mercredi	12	s. Gaspard	7 53	4 24	291	57
Jeudi	13	ste Eudoxe	7 52	4 26	292	58
Vendredi	14	s. Hilaire	7 52	4 27	293	59
Samedi	15	s. Paul , erm.	7 51	4 29	295	0
2 DIM.	16	s. N. de Jesus	7 50	4 30	296	1
Lundi	17	s. Antoine	7 50	4 32	297	2
Mardi	18	C. s. Pier. à R.	7 49	4 33	298	3
Mercredi	19	s. Sulpice	7 48	4 35	299	4
Jeudi	20	s. Sébastien	7 47	4 36	300	5
Vendredi	21	ste Agnès	7 46	4 38	301	6
Samedi	22	c. Vincent , m	7 45	4 39	302	7
DIM.	23	*Septuagesime*	7 44	4 41	303	8
Lundi	24	s. Timothée	7 43	4 42	304	9
Mardi	25	Conv. de s. P.	7 42	4 44	305	10
Mercredi	26	s. Polycarpe	7 41	4 45	306	11
Jeudi	27	s. Chrysost.	7 40	4 47	307	12
Vendredi	28	ste Paule	7 38	4 49	308	13
Samedi	29	s. Franç. de S.	7 37	4 50	309	14
DIM.	30	*Sexagesime.*	7 36	4 52	310	15
Lundi	31	ste Marcelle	7 35	4 54	311	16

FÉVRIER. *Signe* les Poissons.

D. Q. le 2 à 0 h. 36′ soir | P-Q. le 18 à 11 h. 50′ m
N. L. le 10 à 0 h. 4′ soir | P. L. le 25 à 4 h. 24′ m

Les jours croiss. de 45 m le mat. et de 44 le soir.		Lev. du S. h. m	Cou. du S. h. m	Long. du Sol D. M.	
Mardi	1	s. Ignace , év	7 33	4 55	312 17
Mercredi	2	PURIFICAT.	7 32	4 57	313 18
Jeudi	3	s. Blaise	7 30	4 59	314 18
Vendredi	4	s. André Cors.	7 29	5 0	315 19
Samedi	5	ste Agathe	7 27	5 2	316 20
DIM.	6	*Quinquagés.*	7 26	5 4	317 21
Lundi	7	s. Romuald	7 24	5 5	318 22
Mardi	8	s. Jean de M.	7 23	5 7	319 22
Mercredi	9	*Les Cendres*	7 21	5 8	320 23
Jeudi	10	ste Scholastiq.	7 20	5 10	321 24
Vendredi	11	s. Séverin	7 18	5 12	322 24
Samedi	12	s. Daniel	7 16	5 13	323 25
1 DIM.	13	*Quadragésim*	7 15	5 15	324 26
Lundi	14	s. Valentin	7 13	5 17	325 26
Mardi	15	s. Sifroy	7 11	5 18	326 27
Mercredi	16	*Quatre-Tems.*	7 10	5 20	327 27
Jeudi	17	ste Constance	7 8	5 22	328 28
Vendredi	18	s. Siméon, év.	7 6	5 23	329 28
Samedi	19	s. Epiphane	7 4	5 25	330 29
2 DIM.	20	*Reminiscere*	7 2	5 27	331 29
Lundi	21	ste Eléonore	7 0	5 28	332 30
Mardi	22	C. s. P. à Ant.	6 59	5 30	333 30
Mercredi	23	s Pierre Dam.	6 57	5 31	334 30
Jeudi	24	s. Matthias.	6 55	5 33	335 31
Vendredi	25	s. Albério.	6 53	5 35	336 31
Samedi	26	s. Emile	6 51	5 36	337 31
3 DIM.	27	*Oculi*	6 49	5 38	338 31
Lundi	28	s. Romain	6 47	5 39	339 31

MARS. *Signe le* Bélier.

D. Q. le 4 à 1 h. 32' m. | P. Q. le 19 à 10 h. 51' s
N. L. le 12 à 6 h. 38' m | P. L le 26 à 2 h. 7' soir

Les jours croiss. de 55 m le mat. et de 54 le soir.			Lev. du S.	Cou. du S.	Long. du Sol	
			h. m	h. m	D.	M.
Mardi	1	ste Véronique.	6 45	5 41	340	32
Mercredi	2	s. Sigismond	6 43	5 43	341	32
Jeudi	3	s. Marin	6 41	5 44	342	32
Vendredi	4	s. Casimir	6 39	5 46	343	32
Samedi	5	s. Eusèbe	6 37	5 47	344	32
4 DIM.	6	*Lœtare*	6 35	5 49	345	32
Lundi	7	s. Thomas d'A	6 33	5 50	346	32
Mardi	8	s. Jean de D.	6 31	5 52	347	32
Mercredi	9	ste Francoise	6 29	5 54	348	32
Jeudi	10	les 40 Mart.	6 27	5 55	349	32
Vendredi	11	s. Constantin.	6 25	5 57	350	32
Samedi	12	s. Grégoire p.	6 23	5 58	351	31
5 DIM.	13	*La Passion*	6 20	6 0	352	31
Lundi	14	s. Lubin	6 18	6 1	353	31
Mardi	15	s. Zacharies	6 16	6 3	354	31
Mercredi	16	s. Abraham	6 14	6 4	355	30
Jeudi	17	s. Patrice	6 12	6 6	356	3'
Vendredi	18	N. D. des 7 D.	6 10	6 7	357	30
Samedi	19	s. Joseph	6 8	6 9	358	29
6 DIM.	20	*Les Rameaux*	6 6	6 10	359	29
Lundi	21	s. Benoît	6 4	6 12	0	28
Mardi	22	s. Léandre.	6 2	6 13	1	28
Mercredi	23	s. Cyprien	5 59	6 15	2	27
Jeudi	24	s. Gabriel	5 57	6 16	3	27
Vendredi	25	ANNONCIAT.	5 55	6 18	4	26
Samedi	26	s Maximilien	5 53	6 19	5	25
DIM.	27	PAQUES	5 51	6 21	6	25
Lundi	28	s. Sixte Pape	5 49	6 22	7	24
Mardi	29	s. Jean Népom	5 47	6 24	8	23
Mercredi	30	ste Eugenie	5 45	6 25	9	22
Jeudi	31	s. Amédée	5 43	6 27	10	21

AVRIL. *Signe* le Taureau.

D. Q. le 2 à 6 h. 39' soir | P. Q. le 18 à 6 h. 42' m
N. L. le 10 à 10 h. 41' s• | P. L. le 24 à 11 h. 37' s

Les jours croiss. de 50 m. le mat. et de 50 le soir.			Lev. du S. h. m	Cou. du S. h. m	Longi du Sol. D. M.	
Vendredi	1	s. Hugues	5 40	6 28	11	21
Samedi	2	s. Franç. de P.	5 38	6 30	12	20
1 Dim.	3	*Quasimodo*	5 36	6 31	13	19
Lundi	4	s. Isidore , év	5 34	6 33	14	18
Mardi	5	s. Vincent F.	5 32	6 34	15	17
Mercredi	6	s. Célestin	5 30	6 36	16	16
Jeudi	7	s. Albert	5 28	6 37	17	15
Vendredi	8	ste Etiennette	5 26	6 39	18	14
Samedi	9	ste Sophie	5 24	6 40	19	12
2 Dim.	10	s. Macaire	5 22	6 42	20	11
Lundi	11	s. Leon , pap.	5 20	6 43	21	10
Mardi	12	s. Florentin.	5 18	6 45	22	9
Mercredi	13	s. Onuphre	5 16	6 46	23	8
Jeudi	14	s Benezet	5 14	6 47	24	6
Vendredi	15	s. Tiburce	5 12	6 49	25	5
Samedi	16	s Rodolphe	5 10	6 50	26	4
3 Dim.	17	s Innocent.	5 8	6 52	27	2
Lundi	18	s Pélage	5 6	6 53	28	1
Mardi	19	s Renaud	5 4	6 55	28	59
Mercredi	20	ste Berthe	5 2	6 56	29	5*
Jeudi	21	s. Anselme	5 0	6 58	30	5'
Vendredi	22	ste Opportune.	4 58	6 59	31	55
Samedi	23	s. Georges	4 57	7 1	32	53
4 Dim.	24	s. Fidèle	4 55	7 2	33	52
Lundi	25	s. Marc , év.	4 53	7 4	34	50
Mardi	26	s. Marcellin	4 51	7 5	35	48
Mercredi	27	s. Anastase	4 49	7 7	36	46
Jeudi	28	ste Marie Eg.	4 47	7 8	37	45
Vendredi	29	s. Pierre m.	4 46	7 10	38	43
Samedi	30	ste Catherine de Sienne	4 44	7 11	39	41

MAI. *Signe* les Gémeaux.

D. Q. le 2 à 0 h. 56′s. | P. Q. le 17 à 0 h. 20′s.
N. L le 10 à 11 h. 47′m | P. L. le 24 à 9 h. 49′m.

Les jours crois. de 39 m le mat. et de 39 le soir.			Lev. du S.	Cou. du S.	Longit du Sol
			h. m	b. m	D. M.
5 Dim.	1	s. Jac. s. Phil.	4 42	7 12	40 39
Lundi	2	*Rogations*	4 40	7 14	41 37
Mardi	3	Inv. de la Cr.	4 39	7 15	42 36
Mercredi	4	ste Monique	4 37	7 17	43 34
Jeudi	5	ASCENSION.	4 36	7 18	44 32
Vendredi	6	s. Jean P. Lat.	4 34	7 20	45 30
Samedi	7	s. Stanislas	4 32	7 21	46 28
6 Dim.	8	s. Ange	4 31	7 22	47 26
Lundi	9	s. Greg. de N.	4 29	7 24	48 24
Mardi	10	s. Antonin	4 28	7 25	49 22
Mercredi	11	s. Pons	4 26	7 27	50 20
Jeudi	12	s. Pancrace	4 25	7 28	51 17
Vendredi	13	s. Auguste	4 23	7 29	52 15
Samedi	14	*Vigile-jeuns*	4 22	7 31	53 13
Dim.	15	PENTECOTE	4 21	7 32	54 11
Lundi	16	s. Honore	4 19	7 33	55 9
Mardi	17	s. Pascal	4 18	7 35	56 7
Mercredi	18	*Quatre-Tems*	4 17	7 36	57 4
Jeudi	19	s. Yves	4 16	7 37	58 2
Vendredi	20	s. Bernardin	4 14	7 38	59 0
Samedi	21	s. Guy	4 13	7 40	59 57
1 Dim	22	*La Trinité*	4 12	7 41	60 55
Lundi	23	s. Didier	4 11	7 42	61 53
Mardi	24	ste Jeanne	4 10	7 43	62 50
Mercredi	25	s Urbain	4 9	7 44	63 48
Jeudi	26	FÊTE-DIEU	4 8	7 46	64 45
Vendredi	27	s. Mamert	4 7	7 47	65 43
Samedi	28	s. Germain	4 6	7 48	66 4
2 Dim.	29	s. Maximin	4 5	7 49	67 38
Lundi	30	s. Hubert	4 5	7 50	68 35
Mardi	31	ste Pétronille	4 4	7 51	69 33

JUIN. *Signe l'Ecrevisse.*

O. Q. le 1 à 7 h. 0 m. | P. Q. le 15 à 5 h. 1 s.
N. L. le 8 à 10 h. 23 s. | P. L. le 22. D. Q. le 30.

Les jours croiss. de 8 m. le mat. et de 7 le soir.			Lev. du S.	Cou. du S.	Long. du Sol	
			h. m	h. m	D.	M.
Mercredi	1	s. Pamphile	4 3	7 52	70	30
Jeudi	2	ste Blandine	4 3	7 53	71	28
Vendredi	3	ste Clotilde	4 2	7 54	72	25
Samedi	4	s. Ferdinand	4 1	7 55	73	23
3 DIM.	5	s. Boniface	4 1	7 56	74	20
Lundi	6	s. Claude	4 0	7 57	75	17
Mardi	7	ste Cazarie	4 0	7 57	76	15
Mercredi	8	s. Médard	3 59	7 58	77	12
Jeudi	9	s. Félicien	3 59	7 59	78	9
Vendredi	10	ste Marguerite	3 58	8 0	79	7
Samedi	11	s. Barnabé	3 58	8 0	80	4
4 DIM.	12	ste Angélique	3 58	8 1	81	1
Lundi	13	s. Ant. de Pad.	3 58	8 1	81	59
Mardi	14	s. Bazile	3 58	8 2	82	56
Mercredi	15	s. Adolphe	3 58	8 2	83	53
Jeudi	16	s. Franc. Rég.	3 58	8 3	84	51
Vendredi	17	ste Marine	3 58	8 3	85	48
Samedi	18	ste Dosithée	3 58	8 4	86	45
5 DIM.	19	ss. Gerv. et Pr.	3 58	8 4	87	42
Lundi	20	s. Silvère	3 58	8 4	88	40
Mardi	21	s. Louis de G.	3 58	8 5	89	37
Mercredi	22	s. Paulin	3 58	8 5	90	34
Jeudi	23	s. Alban	3 58	8 5	91	31
Vendredi	24	*s. Jean-Bapt.*	3 59	8 5	92	28
Samedi	25	s. Prosper	3 59	8 5	93	26
6 DIM.	26	s. Jean s. Paul	3 59	8 5	94	23
Lundi	27	s. Anthelme	4 0	8 5	95	20
Mardi	28	Vigile-jeûne	4 0	8 5	96	17
Mercredi	29	s. Pier. s. Paul	4 1	8 5	97	14
Jeudi	30	Commémor. de s. Paul	4 1	8 5	98	12

N. L. le 8 à 7 h. 10' m. | P. L. le 22 à 11 h. 6' m
P. Q. le 14 à 10 h. 15' s. | D. Q le 30 à 2 h. 51' s.

Les jours dim. de 27 m le mat. et de 26 le soir.			Lev. du S. h. m	Cou. du S. h. m	Long. du So P.	M.
Vendredi	1	s. Martial	4 2	8 5	99	9
Samedi	2	La Visitation	4 2	8 4	100	6
7 Dim.	3	s. Enf. JESUS	4 3	8 4	101	3
Lundi	4	ste Fortunée	4 4	8 4	102	0
Mardi	5	s. Pierre de L.	4 5	8 3	102	58
Mercredi	6	s. Théophile	4 5	8 3	103	55
Jeudi	7	s. Ephrem	4 6	8 2	104	52
Vendredi	8	ste Elizabeth	4 7	8 2	105	49
Samedi	9	s. Cyrille	4 8	8 1	106	46
8 Dim.	10	ste Félicité	4 9	8 1	107	44
Lundi	11	Les 7 Frèr. M.	4 10	8 0	108	41
Mardi	12	s. Jean Gualb.	4 11	7 59	109	38
Mercredi	13	ste Eustochie	4 11	7 59	110	35
Jeudi	14	s. Bonaventur.	4 12	7 58	111	33
Vendredi	15	s. Henri	4 13	7 57	112	30
Samedi	16	N. D. du Scap.	4 15	7 56	113	27
9 Dim.	17	s. Alexis	4 16	7 55	114	24
Lundi	18	s. Camille	4 17	7 54	115	22
Mardi	19	s. Vinc. de P.	4 18	7 53	116	19
Mercredi	20	ste Marguerit.	4 19	7 52	117	16
Jeudi	21	s. Victor	4 20	7 51	118	13
Vendredi	22	ste Magdelène	4 21	7 50	119	11
Samedi	23	s. Apollinaire	4 23	7 49	120	8
10 Dim.	24	ste Christine	4 24	7 48	121	5
Lundi	25	s. Jacques M.	4 25	7 47	122	3
Mardi	26	ste Anne	4 26	7 45	123	0
Mercredi	27	s. Christophe	4 28	7 44	123	57
Jeudi	28	s. Roger	4 29	7 43	124	55
Vendredi	29	ste Marthe	4 30	7 42	125	5?
Samedi	30	ste Béatrix	4 31	7 40	126	4?
11 Dim.	31	s. Ignace Loy.	4 33	7 39	127	47

AOUT. *Signe* la Vierge.

N. L le 6 à 2 n. 55' soir. | P. L· le 21 à 2 h. 23' m
P. Q. le 33 à 5 h. 31' m | D. Q. le 29 à 3 h. 58' m

Les jours dim. de 17 m. le mat. et de 17 le soir.			Lev. du S.	Cou. du S.	Long. du Sol
			h. m	h. m	D. M.
Lundi	1	s. Pier. ès liens	4 34	7 37	128 44
Mardi	2	N. D. des Ang.	4 35	7 36	129 42
Mercredi	3	ste Emilie	4 37	7 34	130 39
Jeudi	4	s. Dominique	4 38	7 33	131 37
Vendredi	5	N. D. des neig.	4 39	7 31	132 34
Samedi	6	Tran. de N. S.	4 41	7 30	133 32
12 DIM.	7	s. Gaëtan	4 42	7 28	134 29
Lundi	8	s. Justin	4 43	7 27	135 27
Mardi	9	ste Bénédicte	4 45	7 25	136 24
Mercredi	10	s. Laurent	4 46	7 23	137 22
Jeudi	11	ste Suzanne	4 48	7 21	138 20
Vendredi	12	ste Claire	4 49	7 20	139 17
Samedi	13	s. Hypolite v. j.	4 50	7 18	140 15
13 DIM.	14	s. Eusèbe	4 52	7 16	141 13
Lundi	15	ASSOMPTION	4 53	7 14	142 10
Mardi	16	s. Roch	4 55	7 13	143 8
Mercred	17	s. Hyacinthe	4 56	7 11	144 6
Jeudi	18	ste Hélène	4 57	7 9	145 3
Vendredi	19	s. Magne	4 59	7 7	146 1
Samedi	20	s. Bernard	5 0	7 5	146 59
14 DIM.	21	ste J. F. de Ch.	5 2	7 3	147 57
Lundi	22	s. Symphor.	5 3	7 1	148 55
Mardi	23	s. Zachée	5 4	7 0	149 52
Mercredi	24	s. Barthelemi	5 6	6 58	150 50
Jeudi	25	s. Louis , roi	5 7	6 56	151 48
Vendredi	26	ste Blanche	5 9	6 54	152 46
Samedi	27	s. Césaire	5 10	6 52	153 44
15 DIM.	29	s. Augustin	5 12	6 50	154 42
Lundi	29	Décol. de s. J.	5 13	6 48	155 40
Mardi	30	ste Rose	5 14	6 46	156 38
Mercredi	31	s. Lazare	5 16	6 44	157 36

SEPTEMBRE. *Signe la Balance.*

N. L. le 4 à 10 h. 25' s. | P. L. le 19 à 6 h. 43' s.
p. Q. le 11 à 4 h. 8' s. | D. Q. le 27 à 3 h. 14' s.

Les jours dim. de 50 m. le mat. et de 51 le soir.			Lev. duS.	Cou. duS.	Long. du Sol	
			h. m	h. m	D.	M.
Jeudi	1	s. Gilles	5 17	6 42	158	34
Vendredi	2	s. Agricol	5 19	6 40	159	33
Samedi	3	s. Etienne, roi	5 20	6 38	160	31
16 Dim.	4	ste Rosalie	5 21	6 36	161	29
Lundi	5	s. Justinien	5 23	6 33	162	27
Mardi	6	s. Amable	5 24	6 31	163	26
Mercredi	7	ste Reine	5 26	6 29	164	24
Jeudi	8	N. DE LA V.	5 27	6 27	165	22
Vendredi	9	s. Adrien	5 29	6 25	166	21
Samedi	10	s. Nicol. de T.	5 30	6 23	167	19
17 Dim.	11	s. Baudile	5 31	6 21	168	17
Lundi	12	ste Bonne	5 33	6 19	169	16
Mardi	13	s. Amé	5 34	6 17	170	14
Mercredi	14	Exalt. ste C.	5 36	6 15	171	13
Jeudi	15	ste Lucie	5 37	6 12	172	11
Vendredi	16	ste Euphémie	5 39	6 10	173	10
Samedi	17	s. Corneille	5 40	6 8	174	8
18 Dim.	18	s. Ferréol	5 41	6 6	175	7
Lundi	19	s. Janvier	5 43	6 4	176	6
Mardi	20	s. Eustache	5 44	6 2	177	4
Mercredi	21	Quatre-Tems	5 46	6 0	178	3
Jeudi	22	s. Maurice	5 47	5 57	179	2
Vendredi	23	ste Thécle	5 49	5 55	180	1
Samedi	24	N. D. de la M.	5 50	5 53	180	59
19 Dim.	25	s. Firmin	5 52	5 51	181	58
Lundi	26	ste Justine	5 53	5 49	182	57
Mardi	27	ss. Côm. Dam.	5 54	5 47	183	56
Mercredi	28	s. Elzéar	5 56	5 45	184	55
Jeudi	29	s. Michel	5 57	5 43	185	54
Vendredi	30	s. Jérome	5 59	5 40	186	53

OCTOBRE. *Signe le Scorpion.*

N. L. le 4 à 6 h. 33′ m. | P. L. le 19 à 11 h. 22′ m
P. Q. le 11 à 6 h. 50′ m. | D. Q. le 27 à 0 h. 50′ m

Les jours dim. de 56 m le mat. et de 52 le soir.			Lev. du S.	Cou. du S.	Long du So
			h. m	h. m	D. M.
Samedi	1	s. Remi	6 0	5 38	187 52
20 Dim.	2	N. D. du Ros.	6 2	5 36	188 51
Lundi	3	ste Lucrèce	6 3	5 34	189 50
Mardi	4	s. Franç. d'As·	6 5	5 32	190 50
Mercredi	5	s. Placide	6 6	5 30	191 49
Jeudi	6	s. Bruno	6 8	5 28	192 48
Vendredi	7	s. Marc, pape	6 9	5 26	193 47
Samedi	8	ste Brigitte	6 11	5 24	194 47
21 Dim.	9	s. Denis	6 12	5 22	195 46
Lundi	10	s. Fr. de Borg.	6 14	5 20	196 45
Mardi	11	ste Angèle	6 15	5 18	197 45
Mercredi	12	s. Séraphin	6 17	5 16	198 44
Jeudi	13	s. Edouard	6 18	5 14	199 44
Vendredi	14	s. Calixte	6 20	5 12	200 43
Samedi	15	ste Thérèse	6 21	5 10	201 43
22 Dim.	16	s. Léopold	6 23	5 8	202 42
Lundi	17	s. Elisée	6 24	5 6	203 42
Mardi	18	s. Luc, év.	6 26	5 4	204 41
Mercredi	19	s. Pierr. d'Alc.	6 27	5 2	205 41
Jeudi	20	s. Benjamin	6 29	5 0	206 41
Vendredi	21	ste Ursule	6 31	4 58	207 41
Samedi	22	s. Frédéric	6 32	4 56	208 4
23 Dim.	23	s. Hilarion	6 34	4 54	209 40
Lundi	24	s. Magloire	6 35	4 53	210 40
Mardi	25	s. Crépin	6 37	4 51	211 40
Mercredi	26	s. Amand, év.	6 38	4 49	212 40
Jeudi	27	ste Sabine	6 40	4 47	213 40
Vendredi	28	ss. Sim. Jude	6 42	4 45	214 40
samedi	29	ste Alix	6 43	4 42	215 40
24 Dim.	30	s. Lucain.	6 45	4 42	216 40
Lundi	31	s. Quentin v. j.	6 46	4 40	217 40

NOVEMBRE. Signe le Sagittaire.

N.-L. le 2 à 4 h. 17′ s. | P. L. le 18 a 3 h. 38′ m
P. Q. le 10 à 1 h. 24′ m | D. Q. le 26 à 9 n. 9′ m

Les jours dim. de 40 m. le mat. et de 39 le soir.			Lev. du S. h. m	Cou. du S. h. m	Longi du Sol D. M.	
Mardi	1	TOUSSAINT	6 48	4 39	218	40
Mercredi	2	Les Trépassés	6 50	4 37	219	40
Jeudi	3	s. Marcel, év.	6 51	4 35	220	40
Vendredi	4	s. Charles	6 53	4 34	221	40
Samedi	5	s. Malachie	6 54	4 32	222	41
25 DIM.	6	s. Léonard	6 56	4 31	223	41
Lundi	7	ste Anastasie	6 58	4 29	224	41
Mardi	8	s. Godefroi	6 58	4 28	225	42
Mercredi	9	s. Mathurin	7 1	4 26	226	42
Jeudi	10	s. And. Avell.	7 3	4 25	227	42
Vendredi	11	s. Martin	7 4	4 23	228	43
Samedi	12	s. René	7 6	4 22	229	43
26 DIM.	13	s. Véran	7 L	4 21	230	43
Lundi	14	s. Ruf	7 9	4 19	231	44
Mardi	15	ste Gertrude	7 10	4 18	232	44
Mercredi	16	s. Edmond	7 12	4 17	233	45
Jeudi	17	s. Grég. Th.	7 14	4 16	234	45
Vendredi	18	s. Eugene	7 15	4 15	235	46
Samedi	19	ste Elizabeth	7 17	4 14	236	47
27 DIM.	20	s. Fél. de Val.	7 18	4 13	237	47
Lundi	21	Prés. de la V.	7 20	4 12	238	48
Mardi	22	ste Cécile	7 21	4 11	239	49
Mercredi	23	s. Clément	7 23	4 10	240	49
Jeudi	24	s. J. de la Cr.	7 24	4 9	241	50
Vendredi	25	ste Catherine	7 26	4 8	242	51
Samedi	26	s. Maxime	7 27	4 7	243	51
1 DIM.	27	L'Avent	7 28	4 7	244	52
Lundi	28	ste Delphine	7 30	4 7	245	53
Mardi	29	s. Saturnin.	7 31	4 6	246	54
Mercredi	30	s. André Apôt	7 33	4 6	247	55

DÉCEMBRE. *Signe le Capricorne.*

N. L. le 2 à 4 h. 24' m. | P. L. le 17 à 6 h. 55' s.
P. Q. le 9 à 10 h. 34' s. | D. Q. le 24. N. L. le 31

Les jours croiss. de 8 m. le mat. et de 8 le soir.			Lev. du S. h. m	Cou. du S. h. m	Long. du Sol D.	M.
Jeudi	1	s. Eloy	7 34	4 4	248	56
Vendredi	2	ste Bibiane	7 35	4 4	249	57
Samedi	3	s. François X.	7 36	4 3	250	57
2 DIM.	4	ste Barbe	7 38	4 3	251	58
Lundi	5	s. P. Chrysol.	7 39	4 2	252	59
Mardi	6	s. Nicolas	7 40	4 2	254	0
Mercredi	7	s. Ambroise	7 41	4 2	255	1
Jeudi	8	CONCEPTION	7 42	4 1	256	2
Vendredi	9	ste Pauline	7 43	4 1	257	3
Samedi	10	s. Melchiade	7 44	4 1	258	4
3 DIM.	11	s. Damase	7 45	4 1	259	5
Lundi	12	s. Emmanuel	7 46	4 1	260	6
Mardi	13	ste Luce	7 47	4 1	261	7
Mercredi	14	*Quatre-Tems.*	7 48	4 1	262	8
Jeudi	15	s. Valérien	7 46	4 1	263	9
endredi	16	ste Adélaïde.	7 50	4 2	264	11
Samedi	17	s. Gustave	7 51	4 2	2 5	12
4 DIM.	18	s. Gatien	7 51	4 2	266	13
Lundi	19	ste Mélanie	7 52	4 2	2 7	14
Mardi	20	s. Zéphirin	7 53	4 3	268	15
Mercredi	21	s. Thomas ap.	7 53	4 3	269	16
Jeudi	22	s. Honorat	7 54	4 4	270	17
endredi	23	ste Victoire	7 54	4 4	271	18
samedi	24	*Vigile jeune*	7 55	4 5	272	19
DIM.	25	NOEL	7 55	4 6	273	21
Lundi	26	*s. Etienne M.*	7 55	4 6	274	22
Mardi	27	*s. Jean, ev.*	7 56	4 7	275	23
Mercredi	28	ss. Innocents	7 56	4 8	276	24
Jeudi	29	s. Trophime	7 56	4 9	277	25
Vendredi	30	ste Colomb	7 56	4 10	278	26
samedi	31	s. Silvestree	7 56	4 10	279	28

BELLES PROMESSES.

Vois ces fraîches prairies,
Vois ces riants coteaux,
Dans ces herbes fleuries,
Vois ces nombreux troupeaux.
Hélène, ô mon bel ange!
Un seul instant. écoute-moi!
Et tous ces biens en échauge
Je le promets seront pour toi,
Et tous ces trésors en échange
Tous ces trésors seront pour toi.

Vois cette vaste plaine
Que dore la moissson,
Vois la forêt lointaine
Que borde l'horison.
Hélène, ô mon bel ange, etc.

Tiens, vois ce castel sombre,
Aux antiques créniaux;
Tout seul, je sais le nombre
Des pages, des vasseaux.
Hélène, ô mon bel ange, etc.

LA MÈRE DU CHASSEUR.

Il est parti depuis l'aurore
Chasser le daim dans les glaciers :
Voici la nuit, j'attends encore,
La neige remplit les sentiers.
Wi hem, comme la nuit est sombre,
Les pins gémissent dans les bois ;
Mes regards se perdent dans l'ombre,
Et les vents emportent ma voix.
   Oh ! je vous le confie,
   Seigneur, Dieu tout-puissant,
Rendez-le moi, car c'est ma vie,
Rendez-le moi, c'est mon enfant.

Je lui disais : oh ! prends bien garde,
Ne pars pas attends à demain.
Le ciel se couvre, enfant regarde,
Attends pour te mettre en chemin.
Wilhem, je lui contais l'histoire
Du chasseur mort dans nos vallons ;
Mais on ne veut jamais nous croire
Pauvres mères, quand nous parlons.
   Oh ! je vous le confie,
   Seigneur, Dieu tout-puissant,
Rendez-le moi, car c'est ma vie,
Rendez-le moi, c'est mon enfant.

Attendre encore, toujours attendre,
Hélas ! c'est mourir mille fois.
Il me semble toujours entendre
Une avalanche au fond des bois.
Wilhem, eh bien j'accours ma mère,
Le brouillard était bien épais,
La nuit froide et la bise amère,
Mais de bien loin je t'entendais.
   Oh ? je vous remercie,
   Seigneur, Dieu tout-puissant,
Gardez-le moi, car c'est ma vie,
Gardez-le moi, c'est mon enfant.

LA RETRAITE.

Déjà l'ouvrière gentille,
Dans la mansarde son séjour,
Pour finir ses travaux d'aiguille,
Cherche un rayon du jour.
L'élégant quitte sa demeure
Pour se montrer à l'opéra,
Et depuis deux heures déjà,
A la gaîté l'on pleure.

   Allons, troupiers !
A rentrer qu'on s'apprête ;
   C'est la retraite !
Pas moyen de se faire prier ;

Car la loi veut que le guerrier farouche
  A huit heures se couche ;
Et vous, au pas! les gamins du quartier

Adieu, ma charmante Denyse,
Dit le Jean-Jean au désespoir,
Entends-tu le tambour, payse,
Qui me rappelle le devoir ;
Oui, pour te mériter, ma chère,
Je voudrais cueillir des lauriers ;
Tu sais qu'il en faut aux guerriers,
Comme à la cuisinièvc.
  Allons, troupiers ! etc.

Console-toi, de mon absence,
Et pense en me voyant partir,
Qu'en bon mari, j'aurai d'avance
Pris l'habitude d'obéir.
Ah! si la retraite est sévère,
Crois-moi, je te le dis tout bas :
Les Français n'en connaissent pas,
Dans l'amour, dans la guerre.
  Allons, troupiers!
A rentrer qu'on s'apprête,
  C'est la retraite !
Pas moyen de se faire prier,
Car la loi veut que le guerrier farouche
  A huit heures se couche ;
Et vous, au pas! les gamins du quartier

THERESE.

ROMANCE.

La Venitienne Pepite,
Qu'autrefois j'aimais ,
Avait une main petite,
Comme on n'en verrait jamais ;
Si la main de ma Thérèse ,
De Thérèse la française ,
Ou brille mon anneau d'or
N'était plus petite encor.

Nizza la napolitaine ,
Qu'autrefois j'aimais ,
Avait des cheveux d'ébène ,
Comme on n'en verrait jamais ;
Si les cheveux de Thérèse ,
De Thérèse la française ,
N'étaient d'un noir aussi beau ,
Que les ailes du corbeau.

Giaumettra la Florentine ,
Qu'autrefois j'aimais ,
Avait une taille fine
Comme on n'en verrait jamais ;
Si la taille de Thérèse ,

De Thérèse la française,
Souple, élancée à la fois,
Ne glissait entre deux doigts.

Ces trois brunes joliettes,
Qu'autrefois j'aimais,
Étaient toutes trois coquettes,
Comme on n'en verrait jamais ;
Oh ! non j'amais si Thérèse,
Si Thérèse la française,
Dont je n'ai que des refus,
Ne l'était mille fois plus.

CHANSON D'AUVERGNE.

Voyez mon visage
Pensif et rêveur,
Loin de mon village
Il n'est que douleur ;
Tout manque à ma vie
L'air que j'aspirais,
La source jolie,
La rive fleurie,
L'herbe où je courrais.
Pour moi nulle autre patrie :
Ah ! désormais n'aura d'attraits !
Auvergne tant chérie,
Vous oublier jamais !
Non, non, non, jamais !

Sur une autre terre
Que je n'aime pas,
Bien loin de ma mère
J'ai porté mes pas;
Pour moi la richesse
N'est point un bonheur,
Lieu de ma jeunesse,
A vous ma tendresse,
A vous seul mon cœur.
Pourmoi, nulle autre patrie,
Ah! désormais n'aura d'attraits!
Auvergne tant chérie,
Vous oublier jamais!
Non, non, non, jamais!

Qui me dit encore
Si je reverrai
Tout ce que j'adore
Quand je reviendrai;
Si près de l'église
Notre vieille croix,
Qu'un siècle rend grise,
Est toujours assise
Sur son pied de bois.
Pour moi, nulle autre patrie,
Ah! désormais n'aura d'attrraits!
Auvergne tant chérie,
Vous oublier jamais!
Non, non, non, jamais,

L'HIRONDELLE

ET LE PRISONNIER.

Hirondelle gentille,
Voltigeant à la grille
Du cachot noir,
Vole, vole sans crainte,
Autour de cette enceinte
J'aime à te voir !
Légère aérienne
Dans ta robe d'ébène,
Lorsque le vent
Soulève sous la plume,
Comme un flocon d'écume,
Ton corset blanc.

D'où viens-tu, qui t'envoie?
Porter si douce joie
Au condamné,
O charmante compagne,
Viens-tu de la montagne
Où je suis né ?
Viens-tu de la patrie,
Eloignée et chérie
Du prisonnier,
Fée aux luisantes ailes,

Conte moi des nouvelles
Du vieux foyer.

Oh! dis-moi si la mousse
Est toujours aussi douce,
Et si parfois,
Au milieu du silence
Le son du cor s'élance
Au fond des bois ?
Si la blanche aubépine
Au haut de la colline
Fleurit toujours !
Dis-moi si l'homme espère
Encor sur cette terre
Quelques beaux jours.

Il pleut, la nuit est sombre,
Le vent souffle dans l'ombre
De la prison.
Hélas! pauvre petite,
As-tu froid, entre vite
Au noir donjon....
Tu t'envoles! j'y songe,
C'est que tout est mensonge,
Espoir heurté;
Il n'est dans cette vie
Qu'un bien digne d'envie
La liberté.

ADIEUX D'UN CONSCRIT,

OU LE DÉPART DU RÉGIMENT.

J'entends le tambour qui rappelle,
 Rataplan, plan, plan,
 Plan, plan, rataplan,
 Adieu ma tourterelle,
Il faut que je te lâche d'un cran.

L'beau sesque est sur qui le vive
Au départ du régiment ;
Que d'mouchoirs à la lessive
Dans les larmes du sentiment.
 J'entends, etc.

Sous le bagage de la caserne
Sont nichés les chiens barbets,
Les femmes, les enfants d'giberne
Font nombre avec les paquets.
 J'entends, etc.

L'troupier, c'est l'oiseau de passage,
C'est l'amour aux moustaches près,
Quand il est sorti de sa cage,
C'est pour n'y rentrer jamais.
 J'entends, etc.

Entends-tu v'là la musique
Qu'escortent tous les flaneurs ;
Adieu pour l'amour, bernique !
Dans l'cacis noie tes pleurs.
   J'entends, etc.

Allons, y faut qu'on se résigne,
Adieu, reste à ton endroit.
Toujours fidèle à la ligne,
C'est le moyen de marcher droit.
   J'entends, etc.

Le régiment part pour la guerre,
Faut que j'aie la croix d'honneur,
Quand même je devrais me faire faire
Une jamb'par le tourneur.
   J'entends, etc.

On dit que si j'prends un'redoute,
J'pourrai devenir général ;
Ma jamb' de bois sera sans doute
Mon bâton de maréchal.
   J'entends, etc.

Si t'apprends que dans l'carnage
Le canon m'a démoli,
Tu diras : c'est ben dommage,
Il n'était pas mal bâti.
   J'entends, etc.

Si tout's mes particlières
Pleurent quand je vais déménager,
Ça f'ra gonfler la rivière,
Y f'era bon savoir nager.
J'entends le tambour qui rappelle,
   Rataplan, plan, plan,
   Plan, plan, rataplan,
   Adieu ma tourt'relle,
Il faut que je te lâche d'un cran.

———————————————————

LE PÊCHEUR NAPOLITAIN.

Vois sur la vague frémissante,
S'agiter mon léger bateau ;
J'aime quand la vague errante,
Me balance gaîment sur l'eau.
Dès que la brise enfle ma voile,
Gaîment je m'éloigne du bord ;
Et toujours mon heureuse étoile
Sans danger me ramène au port.
La, la, la, la, la, la, la, la, la.

Quand le dieu du jour s'avance
Et montre son front radieux,
Dans ma nacelle je mélance
L'esprit content, le cœur joyeux.
Dès que la brise, etc.

Heureux dans ma simple chaumière
J'y veux vivre et mourir joyeux.
Car tous les biens de la terre
Ne me rendraient pas plus heureux.
Dès que la brise, etc.

LE MULETIER DU VÉSUVE.

Du haut de la montagne
Où j'ai reçu le jour,
J'entends dans la campague
Mon gai refrain d'amour,
C'est toi, Nizza, ma belle,
Ta douce voix m'appelle,
Ne tremble pas pour moi;
Joyeux, j'accours vers toi.
Que le vésuve et la tempête
Eclatent, grondent, rien ne m'arrête;
Vrai muletier, hardi Napolitaiu :
Libre d'effroi, je chante et narge le
    le destin.
Allons mule jolie,
Ou uous attend là-bas;
Vers ma gentille amie
Pressons, pressons le pas.
La, la, tra la la, etc.

Nizza, de l'Italie
Charmante et jeune fleur,
Quoique au soleil brunie,
Séduit par sa fraîcheur,
Les filles de Sorrente,
De Rome et de Tarente
N'ont point, en vérité,
Tant d'attraits, de beauté.
Aussi d'orgueil mon cœur palpite
Quand à la danse on nous invite;
Car, sur ma foi, plus d'un uoble signor
Pour obtenir sa main donnerait uu
trésor.
Allons, mule jolie, etc.

Long-temps ma fiancée,
Rebelle à tous mes vœux,
De mon ame oppressée
Repoussa les aveux,
J'avais beau la maudire,
Toujours à l'aolo
Nizza répondait : *no !*
Mais un matin, près du cratère,
Soudain j'entends les cris de son
vieux père ;
Il expirait... Mais je sauvai ses jours,
Et Nizza fut à moi, fut à moi pour
toujours.
Allons, mule jolie, etc.

VIENS PRÈS DE MOI.

Tu poursuis ton voyage,
Et tu sais qu'aux déserts,
Les palmiers de la plage
Sont l'abri des revers.
Si l'oiseau de la dune
Plane au loin sur les flots,
Si sa voix importune
Trouble les matelots.
Ah! vers notre étoile
Tourne ta voile,
Viens près de moi,
Tout est pour toi.
Viens, tourne ta voile,
Viens près de moi,
Tout est pour toi.

Au pays qui t'appelle
Va rejoindre en chantant,
La vierge si fidèle
Dont tu me parles tant!
Si pareille à la brise
Qui voltige le soir,
Son âme moins éprise
A trahi ton espoir.
Ah! vers notre étoile, etc.

Vole auprès de ta mère,
Qui songe à tes adieux,
En toi seul elle espère
Pour lui fermer les yeux.
Si tu vois la croix blanche
Sur le tertre isolé
Jette une fleur qui penche...
Fuis, mon doux exilé!
Ah! vers notre étoile, etc.

──────────●──────────

LA PROVENÇALE.

Va, ne sois point jalouse
De la belle Andalouse
Elle l'est moins que toi,
Il n'est pas une fille
A Cadix, à Séville
Qui te vaille ma foi!
Dis-moi, si jamais mains plus blanches
Ont tressé de plus noirs cheveux !
Si jamais d'aussi belles hanches
Ont porté corps plus gracieux !
Et ce pied, cette jambe fine,
Tous ces harmonieux contours,
Et cette bouche purpurine,
Qui semble le nid des amours!
Va, ne sois point jalouse, etc.

Crois-tu que ce soleil qui brille
Dans l'océan de tes beaux cieux,
Réserve aux filles de Castille
Ses baisers les plus amoureux?
Crois-tu que l'air de tes mont
Soit moins énivrant et moins p
Que moins vertes soient tes campagn
Et que ton ciel ait moins d'azur?
  Va, ne sois, etc.

Crois-tu, fille de la provence,
Que ta joue ait moins d'incarnat?
Que ta taille ait moins d'élégance?
Et que ton œil ait moins d'éclat?
Va, bel ange de la nature,
Tout d'amour et de volupté;
A toi céleste créature
La pomme d'or de la beauté.
  Va, ne sois point jalouse
  De la belle Andalouse
  Elle l'est moins que toi,
  Il n'est pas une fille
  A Cadix à Séville
  Qui te vaille ma foi!

www.ingramcontent.com/pod-product-compliance
Lightning Source LLC
Chambersburg PA
CBHW061711180626
46818CB00003B/1357